ALI
BA
BA

Little Robert

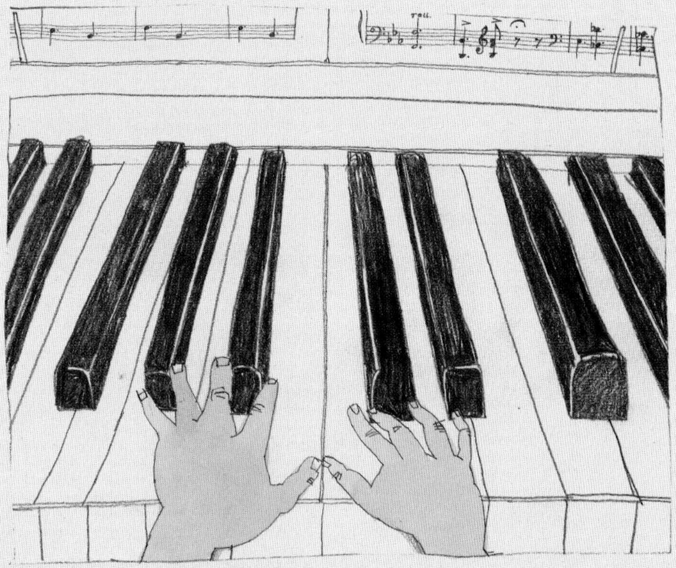

David Hughes

Alibaba Verlag
Frankfurt am Main

Es war Freitag,

viertel nach vier.

Little Robert saß am Klavier.
»Hast du die Woche über geübt?« fragte die Lehrerin.
»Ja«, schwindelte Little Robert.
»Spiel!« sagte die Lehrerin.
Der kleine Junge begann zu spielen …

Plink, plink, plink
Es war nicht sehr gut, eher absolut scheußlich.
»Nochmal!« sagte die Lehrerin.
Plonk, plonk, plonk
Es war immer noch nicht gut.

TSCHACKTSCHACK! machte das Lineal der Lehrerin.

Little Robert weinte. Der kleine Junge wollte das nicht … aber er weinte.

Die Stunde dauerte fünfundvierzig Minuten. Little Robert kam es wie fünfundvierzig Jahre vor.

»Komm mit, wisch dir die Tränen ab, sei nicht albern«, sagte die Klavierlehrerin. »Komm mit mir!«
Little Robert folgte der Klavierlehrerin aus dem Zimmer, durch den Flur, die Treppe hinunter in ein Gewächshaus.

»Such dir einen aus«, sagte die Klavierlehrerin.

Vor Little Robert standen hundert kleine Kakteen in ihren Töpfen.
»Such dir einen Kaktus aus!«
Der kleine Junge suchte sich einen Kaktus aus.
»Er gehört dir«, sagte die Klavierlehrerin, »aber nur, wenn du richtig spielst.

Wenn du keinen Fehler mehr machst.«

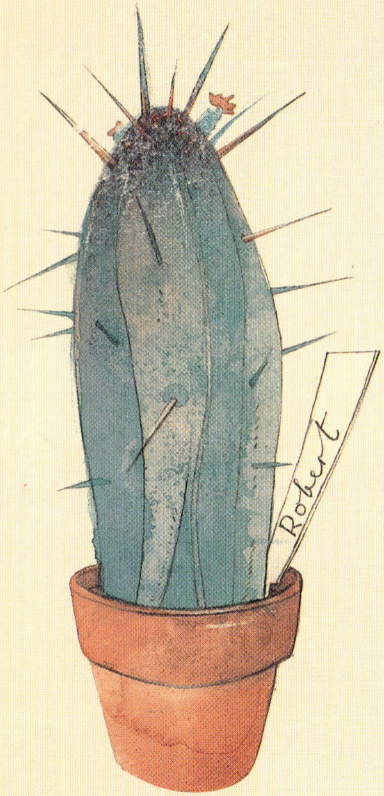

Die Kaktuspflanze
blieb an ihrem Platz.

Am nächsten Freitag,
viertel nach vier.
Little Robert saß
vor dem Klavier.

»Hast du diese Woche geübt?«
fragte die Klavierlehrerin.
»Ja«, antwortete Little Robert.
»Spiel!« sagte die Klavierlehrerin.
Der kleine Junge begann zu spielen.
Plink, plink, plink
Es war nicht sehr gut.
»Nochmal!«
Plonk, plonk, plonk
Little Robert machte fünf Fehler.
»Nochmal!«

TSCHACKTSCHACK!

machte das Lineal.

Little Robert weinte. Der kleine Junge versuchte, nicht zu weinen … aber immer weinte er.

»Du bist wirklich ein nichtsnutziger kleiner Junge.

Stimmt doch, oder?

Du bist ein fauler, fauler kleiner Junge!« sagte die Klavierlehrerin.

Die Kaktuspflanze blieb an ihrem Platz.

Am nächsten Freitag, viertel nach vier.
Die bekannte Frage wurde gestellt.

Dieses Mal hatte Little Robert jeden Morgen vor der Schule und jeden Abend geübt.

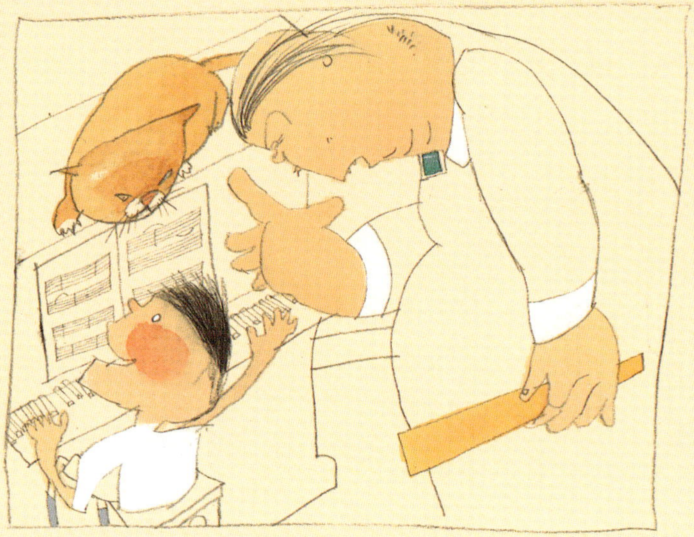

»Spiel!« sagte die Klavierlehrerin.

Der kleine Junge spielte.

Fehlerfrei.

»Zu schnell!«

TSCHACKTSCHACK!

machte das Lineal.

Little Robert weinte nicht.

»Nochmal!« sagte die Klavierlehrerin.

Little Robert spielte,
es war wunderschön.

»STOP!«
Aber Little Robert spielte weiter.
Plinketi-plinketi-stomptiti-plonktiti-
stomptiti-bam-stomp!
stomp! stomp!
Wie ... Boogie-Woogie, nur viel schneller.

»STOP!« brüllte die Klavierlehrerin.

»STOP!«

Little Robert hörte auf.

Little Robert lächelte.

Little Robert grinste und starrte der Klavierlehrerin in die Augen.

Der kleine Junge wünschte sich etwas – so sehr, daß sein Kopf fast platzte.

Er wünschte es sich, bis sein Kopf fast explodierte.

Er schloß die Augen, drückte sie ganz fest zusammen und wünschte sich,

seine schreckliche Klavierlehrerin würde verschwinden.

BLINZEL!
Little Robert öffnete seine Augen.

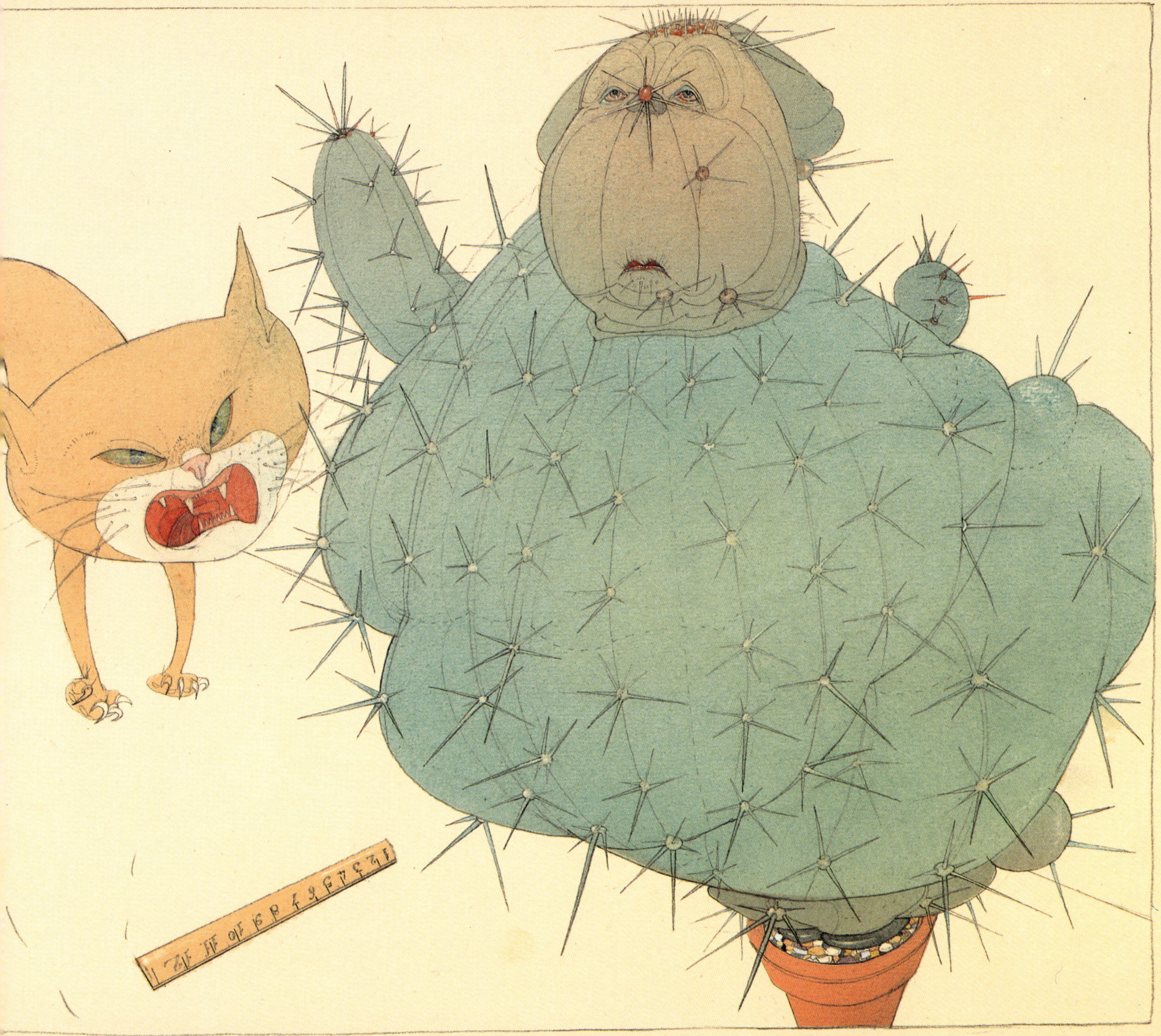

Little Robert
lief aus dem Zimmer,
die Treppe hinunter, durch den Flur
in das Gewächshaus,
und dort, wo die kleinen Kaktuspflanzen
gestanden hatten, sah der kleine Junge . . .

39

…hundert kleine Jungen stehen.

»SPIELT!«

brüllte

Little Robert.

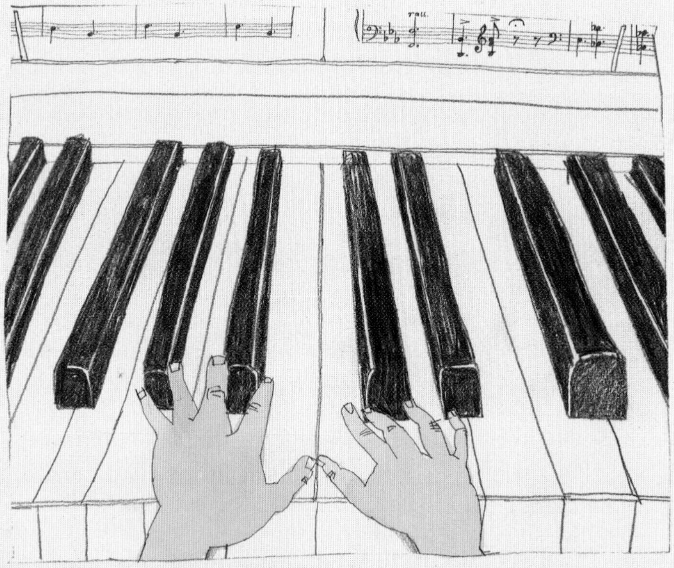

Little Robert
Text und Bilder von David Hughes
übersetzt aus dem Englischen von Abraham Teuter

Satz: Satzstudio Zeil, Frankfurt am Main
Lithografie: Fotolitho 2, Milano, Italien
Druck und Bindung: Grafiche AZ, S. Martino BA, Italien
Printed in Italy
ISBN 3-860 42-169-7
ISBN 3-860 42-215-4 (Schulausgabe)